Pavel
Panda

DAAN REMMERTS DE VRIES

ATLANTIS KINDERBÜCHER,
VERLAG PRO JUVENTUTE

AUS DEM HOLLÄNDISCHEN ÜBERSETZT UND ERZÄHLT VON THOMAS MINSSEN.

© 1993 atlantis kinderbücher, verlag pro juventute, Zürich
Alle Rechte für die deutschsprachige Ausgabe vorbehalten. Titel der Originalausgabe: «Pavel Panda».

© Daan Remmerts de Vries.
Erschienen bei Uitgeverij Altamira, Heemstede, Niederlande 1992

ISBN 3 7152 0263 7

Hoch über der Welt,
sogar noch höher als die Wolken,
befindet sich ein großes Schachbrett.
Dort ist alles entweder schwarz oder weiß.
Und jeder, der dort lebt, meint, daß dies so sein muß…

Pavel Panda langweilte sich schrecklich.

Schon eine ganze Zeit wanderte er über das Schachbrett, wo er lebte.

Wenn er Hunger hatte, leckte er an einem der schwarzen Felder. Das schmeckte nach Süßholz.

Und wenn er Durst hatte, leckte er an einem weißen Feld, das nach Anis schmeckte.

Wenn doch endlich einmal etwas wirklich Lustiges geschehen würde, dachte Pavel.

Und während er das überlegte, kam er an das Ende des Schachbretts.

Er streckte seinen Kopf über den Rand und schaute nach unten.

In der Tiefe lag in blauen und grünen und gelben Farben die Erde.

Um noch besser sehen zu können, beugte sich Pavel weit über den Rand, und…

…mit einem Plumps landete er auf der Erde. Wie enttäuschend! Die Landschaft hier war noch viel langweiliger als das Schachbrett. Außerdem war es kalt. Aber das Schlimmste von allem war, daß er hier nirgends schwarze Felder sah. Was sollte er jetzt bloß essen?

«Sag mal», fragte er Hektor, den Eisbären, der gerade vorüberkam, «was eßt ihr hier so?»

«Schneemäuse», antwortete Hektor.

Pavel staunte. Noch nie hatte er gehört, daß man andere Tiere essen konnte.

«Aber», fuhr Hektor fort, «du wirst dir keine fangen können mit deinem schmutzigen schwarzen Fell. Damit fällst du hier viel zu sehr auf.»

Pavel betrachtete seine dicke schwarze Vorderpfote im weißen Schnee und dachte: Auf der Erde müßte ich eigentlich ein ganz weißes Fell haben. Verwundert schüttelte er seinen Kopf und ging weiter.

Von der weißen Ebene gelangte Pavel nun zu den weißen Bergen.
Und schließlich erreichte er eine Gegend, in der kein Schnee mehr lag.
Endlich Farben! Hungrig leckte er an den braunen Felsen.
Aber die schmeckten nach gar nichts.

Grimme, der große braune Grizzly-Bär, lag in tiefem Schlaf vor seiner Höhle.
«Du, sag mal», begann Pavel. Aber der Bär schlief fest und schnarchte laut.
«He, hallo!» rief Pavel. «Was eßt ihr hier so?»
Der Bär wurde wach und stand brummend auf.
Er war furchtbar groß und sah auf einmal
gar nicht mehr so nett aus.
«Manchmal», grollte er, «esse ich Bergmäuse.»
«Manchmal», und dabei machte er
einen Schritt auf Pavel zu,
«esse ich auch andere Tiere…»
Pavel wich zurück.
«Aber jetzt…», sprach der Bär,
«habe ich Appetit auf dich!»

Pavel rannte weg. Der Bär folgte ihm dicht auf den Fersen. «Mich kann man nicht essen!» schrie Pavel.
«Das werden wir ja gleich sehen!» schrie der Bär zurück.
Pavel rannte um sein Leben. So kamen sie an einen Bergsee. Eine schwere Tatze Grimmes traf Pavels kleinen Schwanz. «Aua!» schrie er. Und dann rannte er, ohne es zu merken, derart schnell, daß er nur so über das Wasser hinflog. Als er auf der anderen Seite ankam, war er immer noch ganz trocken.
Grimme aber stolperte über einen Stein und fiel kopfüber in den See. Prustend tauchte er wieder auf und sah Pavel gerade noch in der Ferne verschwinden.
Als der merkte, daß er nicht mehr verfolgt wurde, ließ er sich fallen und blieb keuchend liegen.
Dann guckte er seinen Bauch an, der sich weiß gegen die Felsen abhob. Auch hier fiel Pavel zu sehr auf.
Und was sollte er tun, wenn plötzlich ein anderer Grizzly-Bär käme?
Auf der Erde müßte ich eigentlich ein ganz braunes Fell haben, dachte Pavel.
Dann stand er auf und trottete weiter. Nun wollte er schnell etwas zu essen finden, denn sein Magen knurrte schon vor Hunger. Selbst eine Maus wäre ihm jetzt recht gewesen…

Hinter den Bergen begann eine gelbe Ebene.
Wenn ein weißer Bär im Weißen und ein brauner Bär im Braunen lebt,
dachte Pavel, dann wird hier wohl ein gelber Bär wohnen.
Und so war es auch. Hier lebte Felix der Teddybär.
«Sag mal, du», fragte Pavel, «was eßt ihr hier so?»
«Nichts», antwortete Felix, ohne sich zu bewegen. «Ich lebe vom Wind.»
Bald verstand Pavel, warum das so war.
Denn es war trocken und heiß, und hier lebten kaum noch andere Tiere.

Später sah er eine Wüstenmaus herumhüpfen. Aber er war so müde, daß er nicht einmal versuchte, sie zu fangen. Mit letzter Kraft schleppte er sich durch den brennend heißen Sand und dachte: Auf der Erde wäre es eigentlich am besten, ich hätte gar kein Fell.

Nach der Wüste kam Pavel in einen hohen, grünen Bambuswald.
Dort war es schattig und angenehm kühl.
Aber das bemerkte Pavel nicht mehr.
Krachend taumelte er weiter durch den Bambus.
Ganz in der Nähe spitzte ein Mäusepaar seine Ohren.
«Hast du das gehört, Rippel?» fragte die eine.
«Ich habe es gehört, Mippel», antwortete die andere.
«Erst ein gräßliches Krachen und dann
ein dumpfer Plumps.»
«Ob wir mal nachschauen gehen, Rippel?»
«Gehen wir mal nachschauen, Mippel.»

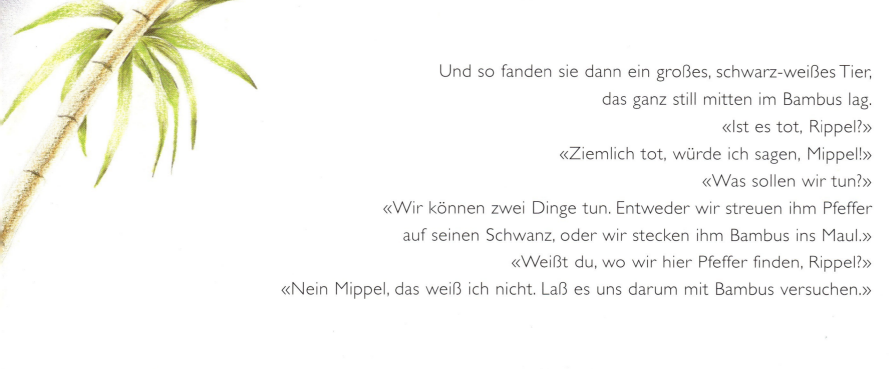

Und so fanden sie dann ein großes, schwarz-weißes Tier,
das ganz still mitten im Bambus lag.
«Ist es tot, Rippel?»
«Ziemlich tot, würde ich sagen, Mippel!»
«Was sollen wir tun?»
«Wir können zwei Dinge tun. Entweder wir streuen ihm Pfeffer
auf seinen Schwanz, oder wir stecken ihm Bambus ins Maul.»
«Weißt du, wo wir hier Pfeffer finden, Rippel?»
«Nein Mippel, das weiß ich nicht. Laß es uns darum mit Bambus versuchen.»

Gespannt beobachteten
die Mäuse Pavel.
Zunächst geschah erst einmal
gar nichts.
Aber dann fiel plötzlich
ein Tropfen aus seinem Maul.
Er öffnete die Augen.
Und während sich die Mäuse
zufrieden ansahen,
aß Pavel einen Bambusstengel
nach dem anderen.
Endlich etwas zu essen!
Und das verdankte er
nur den Mäusen!
Pavel war überglücklich.

Hier spielte es keine Rolle,
welche Farbe sein Fell hatte!
Hier brauchte er keine Mäuse zu essen!
Pavel tanzte vor Freude.
Immer mehr Mäuse kamen herbei,
um ihn zu sehen. Und er gefiel ihnen,
weil er so lustig ausschaute.
So blieb Pavel in dem Wald wohnen.

Die Geschichte ist aber noch nicht zu Ende.
Einige Nächte später nämlich,
hörte Pavel ein krachendes Geräusch im Wald,
dem ein lauter Plumps folgte.
Pavel lief so schnell er konnte hin.
Und was, glaubt ihr, fand er da…?
Ja, so kamen die Pandas in den Bambuswald.

Und so geschieht es auch noch heute. Auf dem großen Schachbrett laufen noch immer Bären herum. Sie strecken aus lauter Neugierde ihren Kopf über den Rard. Dann beugen sie sich, wie Pavel, ein bißchen zu weit nach vorne, und dann…